도깨비 김밥

1판1쇄 발행 / 2021년 4월 30일

발행인 김삼동
글 · 그림 김삼동
편집 조성훈
인쇄 선진인쇄
펴낸곳 도서출판 THE삼
주소 (03427) 서울시 은평구 서오릉로21길 36 현대@101동 401호
전자우편 ksd0366@naver.com | **전화** 02) 383-8336

ISBN 979-11-89780-08-1

도깨비 김밥

친구들에게

제가 어렸을 때, 우리 집에는 돼지를 한두 마리 키웠어요.

돼지는 뭐든지 잘 먹었어요.

쌀이나 보리쌀을 씻고 나온 물에다 쌀겨나 밀기울을 넣어주어도 잘 먹었어요.

돼지 먹는 습성과 닮은 내가 아무거나 잘 먹을 때, 엄마가 "너 돼지 된다. 너 돼지 된다." 라는 말을 참 많이 했었어요.

난 믿지 않았어요.

사람이 돼지 됐다는 이야기는 없었으니까요.

고빈이도 나와 식탐이 닮은 아이에요.

밥이나 떡, 과자 그리고 빵을 또래 아이보다 두세 배는 먹어요.

이때 도깨비 김밥이 있었다면 어땠을까 생각해요.

끔찍할까요?

아니면 재미있을까요?

친구들의 이야기를 듣고 싶어요.

부족한 저에게 글을 읽고 도움을 주신 아동문학가 신현득 선생님과 아동문학가 박성배 선생님, 조정환 시인께 진심으로 감사드립니다.

마지막으로 이 책이 나오기까지 도와준 아내와 외손녀 다인이와 은채에게 고맙다는 말을 전하고 싶습니다.

도깨비 김밥

THE 숨

도깨비 김밥

고민이의 고민은 아주 많이 먹는 거예요.

얼마나 많이 먹느냐고요?

밥 다섯 공기쯤은 게눈 감추듯이 먹어요.

이제 겨우 열 살인데요.

의사 선생님이 당장 식사량을 줄이지 않으면 아주
위험하대요.

고민이는 초고도비만이에요.

성인병인 고혈압과 당뇨병은 위험 수준이고요.

두세 걸음만 걸어도 숨이 차요.

그런데도 고민이는 오히려 하루에 여섯 끼니는 먹어야
한다고 주장해요. 아침, 아침참, 점심, 점심참, 저녁,
밤참이에요.

엄마 아빠가 아무리 야단치거나 구슬려보아도
소용없어요.

먹보 고민이가 많이 먹는 걸 내버려 두면 안돼요.

오늘은 토요일이에요.

엄마는 마트에 일하러 갔고, 아빠는 자전거동호회
모임이 있어서 이른 아침에 나갔어요.
집에는 고민이 혼자에요.

"배고프다! 배고프다!"

볼록한 배를 만지며 말했어요.
아침에 밥을 세 공기나 먹었는데요.
냉장고도 열어보고, 텅 빈 밥솥도 들여다보았어요.
엄마가 음료수나 빵을 사놓지 않는다는 것을 뻔히
알면서요.
"못 참겠어!"
고민이는 1초도 고민하지 않았어요.
엄마가 점심으로 김밥 사먹으라고 오천 원을 주었거든
요.

학교 앞 김밥 가게로 향했어요.

"김밥, 김밥, 김밥⋯⋯!"
김밥 속에 시금치, 단무지 그 중에 햄이 제일 맛있어요.
엄마가 햄과 고기는 살찐다며 밥상에 잘 내놓지 않아요.
"어?"
김밥가게 앞에는 많은 사람들이 몰려 있어요.
현장학습 날이나 소풍날에 볼 수 있는 풍경이에요.
고민이는 김밥가게 안을 들여다보았어요.
"와!"
아주 커다란 김밥 한 줄이 눈에 번쩍 띄었어요.
그리고 김밥 위에는 이런 글이 씌어 있지 않겠어요.

도깨비 김밥
남기지 말 것
바라지 않는 데로 이루어짐

"뭐, 이딴 걸 누가 믿어!"
고민이는 글에 신경 쓰지 않았어요.

도깨비 김밥

남기지 말 것
바라지 않는 데로 이루어짐

"고민이 왔구나!"

고민이가 가게 문을 열고 들어서자, 아줌마가 웃으며 반겼어요.

매주 토요일과 일요일 단골손님이라 고민이를 잘 알아요.

고민이네 가족도 잘 아는데요.

"아줌마, 김밥 얼마에요?"

"도깨비 김밥이라고 해서 비싸지는 않아. 이천오백 원이야."

아줌마가 웃으며 말했어요.

"진짜요!"

고민이는 김밥이 엄청 큰데다 도깨비 김밥이라서 비쌀 거라고 생각했거든요. 그런데 평소에 먹던 김밥 가격과 똑같았어요.

이유를 묻자, 오늘이 가게를 시작한 지 20년이래요.

그래서 특별행사 가격으로 싸게 판데요.

"주세요!"

"김밥을 남기지 않고 다 먹을 수 있겠어?"

"걱정 말아요."

고민이는 소풍 갔을 때, 친구들의 김밥까지 다섯 줄을 먹고도 모자라 삶은 달걀 다섯 개에다 음료수까지 먹은 기록이 있거든요.

"너도 글을 읽었겠지만, 저 김밥은 도깨비 아저씨가 특별히 만든 거란다.

그래서 저 김밥을 먹으면 네가 태어나서 지금까지 가장 많이 들었던 말대로 변한단다. 그래도 먹겠니?"

"에이, 그런 게 어디 있어요."

"다시 한 번 말하는데 후회할 수도 있어."

"걱정마세요."

고민이는 집에서 밥 한 공기 더 먹을 때마다 엄마, 아빠가 "너 돼지 된다. 너 돼지 된다." 라는 말을 수없이 들었지요.

친구들도 "너 돼지 된다" 라는 말로 수없이 놀렸는데도 돼지로 변하지는 않았잖아요.

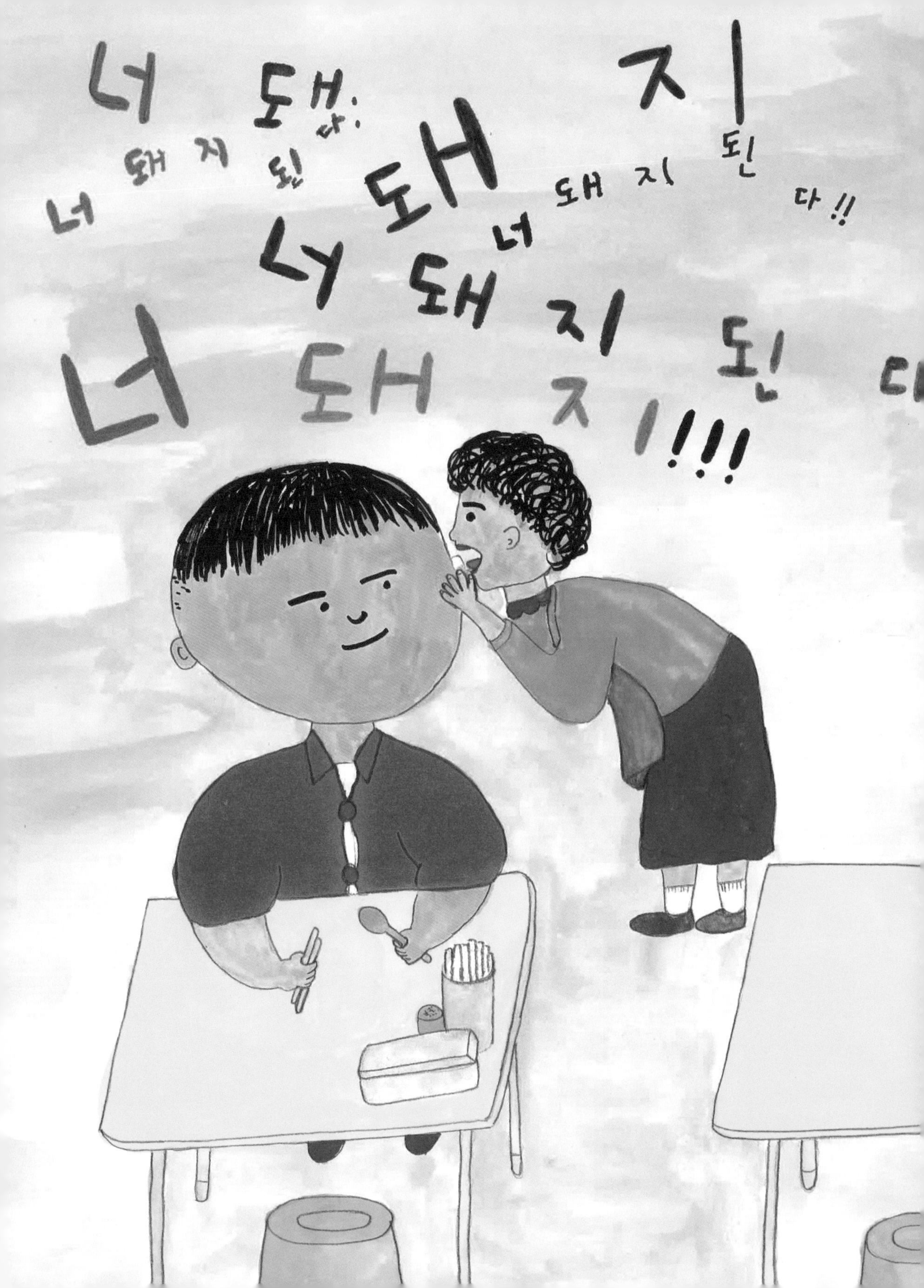

너 돼지 된다
너 돼지 된다
너 돼지 된다!!
너 돼지 된다
너 돼지 된
!!!!

"흠흠!"

김밥을 자르기 전에 바른 고소한 참기름 냄새가 나요.

고민이는 물을 한 모금 마신 다음 큰 김밥을 입 안에 밀어 넣었어요. 그리고 대여섯 번 오물거리고 삼켰어요.

"역시 김밥은 맛있어!"

고민이는 단 한 번 중얼거리고는 김밥을 금세 먹어 치웠어요.

구경하던 사람들의 입이 쩍 벌어졌어요.

"너 돼지 된다는 소리 많이 들었지?"

"아니에요! 전 멋진 배우가 될 거예요."

할머니가 고민이를 만날 때마다 배우처럼 잘 생겼다고 말했거든요.

"어!"

몸 여기저기서 꿈틀거려요.

손은 돼지 앞다리로 변하고, 몸도 돼지처럼 변하고,……. 순식간에 뚱뚱한 아기 돼지로 변했어요.

"어떻게 된 거야!"

고민이는 돼지로 변한 자신의 모습을 보고 울상이 되었어요.

"'돼지 된다! 돼지 된다!' 더니 정말 돼지 됐네!"

아줌마는 보이지 않고 구경하던 사람들이 놀렸어요.

"저 돼지 아니라고요!"

고민이가 울면서 소리쳤어요. 하지만 고민이의 입에서는 "꽤액! 꽤액!" 라는 소리뿐이었어요.

'고민아! 네가 네 모습을 되찾으려면 네 몫을 해야 한단다. 잊지 마라!'

어디선가 아줌마의 목소리가 들렸어요.

"아줌마-! 전 돼지 되기 싫단 말이에요!"

아무리 소리쳐도 아줌마는 나타나지 않았어요.

고민이는 거치적거리는 옷을

벗어던지고 집으로 달렸어요.

아파트 입구에서 경비 아저씨들이 앞을 가로막았어요.
고민이가 보람동 401호에 산다고 아무리 소리쳐도
경비아저씨가 돼지 말을 알아들을 리 없지요.
오히려 꽥꽥 소리를 듣고 사람들이 구름처럼 몰려왔어
요.
신고를 받고 온 119구급대 아저씨들이 고민이를 강제
로 데려갔어요.

소방서 주차장 구석에다

돼지가 된 고민이를 줄로 묶어 놓았어요.

그리고 강아지 사료와 물을 주고 깜깜한 밤에 밖에서
혼자 자게 했어요.

너무 억울해서 잠이 오지 않았어요.

'맞아!'

'소가 된 게으른 농부'라는 옛날이야기인데 게으른
농부가 소가 되었다가 무를 먹고 다시 사람이 된 이야기
가 생각났어요.

고민이는 아침에 밥을 주러온 아저씨에게 무를 달라고
소리쳤어요.

하지만 아저씨는 돼지의 말을 이해하지 못했어요.

"걱정 마. 주인을 찾지 못하면 너를 돼지 키우는
양돈장에 보내줄 테니까."

아저씨의 말에,

고민이는 싫다고 "꽤액!"라고 소리쳤어요.

"알았어. 알았어. 네 친구들이 있는 곳으로 보내준다

니까 좋은가 보구나. 조금만 참아."
아저씨는 돼지가 된 고민이 등을 쓰다듬으며 말했어요.

양돈장 우리에는 돼지들이
20여 마리씩 갇혀 있었어요.

고민이는 우리에 들어가지 않으려고 버텼어요.

그러자 주인이 고민이의 엉덩이를 손바닥으로 찰싹 때렸어요.

우리에 갇힌 돼지들은 무식했어요.

고민이는 돼지들에게 인사하지 않았다고, 무릎을 꿇지 않았다고, 밥을 축낼 거라고 온몸을 물리거나 들이받히기 일쑤였어요.

"나는 사람이었단 말이야!"라고 소리쳐도 소용없었어요.

오히려 돼지들이 자신들은 왕이었고, 장수였고 호랑이었다고 놀림만 당했어요.

외톨이가 된 고민이는 "너 돼지 된다!"라는 말을 듣지 않은 걸 많이 후회했어요.

이틀이나 지났어요.

"녀석이 먹지도 않고……."

주인이 고민이의 눈과 입 속을 살폈어요.

"주사라도 한 대 맞아야 하나."

"싫어요. 전 돼지가 아니란 말이에요! 그리고 주사도 맞지 않을 거예요!" 라고 외쳤지만, 주인은 돼지 울음소리만 들었어요.

"주사를 맞는다니까 싫어하나 보네. 하지만 넌 이틀을 굶었잖아. 밥맛이 돋는 주사니까 맞아야 돼."

아저씨가 말했어요.

사실 고민이의 뱃속은 텅텅 비었어요. 김밥을 먹은 이후로 아무 것도 먹지 않았으니까요.

다음날이었어요.

　수의사와 주인아저씨가 주사기를 들고 우리 안으로
들어왔어요.
　고민이는 수의사의 윗옷 주머니에 있는 볼펜을 입으로
물어서 꺼냈어요.
　그리고 우리 바닥에 글을 쓰기 시작했어요.
　물론 우리 바닥은 지저분해서 글이 써질 리 없잖아요.
　하지만 멈추지 않고 '나는 사람이에요' 라고 썼어요.
　"뭐야?"
　고민이가 펜으로 글을 쓰는 걸, 주인아저씨가 봤어요.
　"왜 그러시오?"
　수의사도 고민이의 행동을 주의 깊게 보았어요.
　"글을 쓸 줄 아는 돼지입니다!"
　"내가 33년 동안 수의사를 했지만 돼지가 글을 쓸
줄 아는 돼지는 처음이오. 틀림없는 영물이오. 영물."
　수의사는 영물이라고 말하고 갔어요. 영물이란 사람의
지혜로는 짐작할 수 없을 만큼 훌륭하고 신비스러운
생명체나 신과 같은 존재래요.

"뭘 먹고 싶어?"

고민이는 망설이지 않고 무가 먹고 싶다고 말했어요.

"무?"

아저씨가 '하필이면 맵고 맛없는 무라니?' 라고 찡그린 눈으로 고민이를 보았어요.

그러다 뭔가 퍼뜩 떠오른 게 있는지 금세 싱글벙글 웃으며,

"아이들이 좋아하는 햄버거, 떡볶이, 김밥도 있는데……."

"전 무를 먹고 사람이 되고 싶어요!"

"소가 무를 먹고 사람이 되었다는 이야기는 사람들이 지어낸 옛날이야기야. 그리고 지금 무가 나올 철이 아냐."

고민이는 계절에 관계없이 무가 있다는 걸 몰라요.

배가 고픈 고민이는 좋아하는 떡볶이의 유혹을 물리칠 수가 없었어요.

"이봐!"

대장 뚱보가 말을 걸어왔어요.

성격이 난폭하고 말을 듣지 않으면 머리로 들이받거나 앞니로 물었거든요.

그런데 오늘은 뚱보도 다른 친구들도 슬픈 표정을 지었어요.

"왜요?"

"이런 말을 해서 안됐지만 넌 팔려 가는 거야."

"맞아. 우리 친구들도 하나둘 데려갈 때마다 주인이 좋은 곳에 간다고 꼬드겼거든."

"걱정 말아요!"

고민이는 소리쳤어요. 어제 주인이 "넌 이제 스타야. 스타. 글을 아는 똑똑한 돼지라고." 라고 추켜세웠는데요.

"사실은 말이야. 넌 다시는 돌아올 수 없는 곳으로 가는 거야.

뚱보의 말에, 고민이는 불길한 생각을 떨쳐 버릴 수가 없었어요.

이른 아침.

아저씨와 아줌마가 고민이에게 목욕하자고 하였어요.
고민이는 싫다고 소리를 꽥꽥 질렀어요.
 "순둥아, 널 텔레비전에 나오게 한다는데 왜 싫어!"
순둥이는 어제 아줌마가 지어준 이름이에요.
 "오늘 '세상에 신기한 동물이' 라는 프로에 네가
나올 거란 말이야."
아줌마의 들뜬 목소리나 밝은 표정을 보니 진심인 것
같았어요.
그리고 그 방송은 고민이도 아빠와 함께 하루도 빠뜨
리지 않고 보았거든요.
깨끗이 목욕한 고민이는 양복을 입고 넥타이를 매자
멋진 신사 돼지로 변했어요.
큰길을 달리고, 고속도로를 달려서 큰 빌딩들이 있는
텔레비전 방송국으로 갔어요.

방청석에는 사람들로 가득 찼어요.

"시청자 여러분! 오늘은 세상에서 글을 쓸 줄 아는 천재 돼지를 소개하겠습니다!"

텔레비전에서 봤던 여자 아나운서가 말했어요.

"이름이 뭐예요?"

고민이는 자신이 돼지가 됐다는 사실을 엄마와 아빠 그리고 친구들이 알면 실망할 거라는 생각이 들었어요. 창피한 거죠.

외할머니가 지어준 '꽃돼지'라고 썼어요.

"보셨지요. '꽃돼지'라고 정확히 자기 이름을 썼어요!"

아나운서의 흥분한 목소리에 방청석에 있던 사람들이 박수를 치며 환호성을 질렀어요.

고민이는 우쭐했어요.

"꽃돼지님, 언제부터 글을 배웠나요?"

"세 살 때부터 엄마가 가르쳐 주었어요."

"세상에! 엄마가 글을 가르쳤다고요!"

고민이는 여러 방송국에 불려 다녔어요.

아저씨는 매일 고민이에게 먹고 싶은 것이 있으면 뭐든지 사주셨어요. 무만 빼고요.

고민이는 인기를 얻어도 맛있는 과자를 먹어도 행복하지 않았어요.

다시는 사람이 될 수 없다는 불안감 때문이에요.

"왜? 무슨 걱정이라도 있어?"

아저씨가 물었어요.

"말해 봐?"

"집에 가고 싶어요!"

"나는 반대다. 엄마 아빠가 돼지가 된 네 모습을 보고 아들이라고 인정하지 않을 거라고 생각한다."

"아저씨 말이 맞아. 지난번처럼 119아저씨들한테 붙들려서 다시 이곳으로 올 거야."

아줌마도 한마디 거들었어요.

"아니에요. 제가 아들이라는 걸 알릴 거예요."

고민이는 소리쳤어요.

고민이는 돼지 친구들이 있는

우리에 갔어요.

"전 집에 갈 거예요."

"여길 탈출하겠다는 거냐?"

뚱보 대장이 물었어요.

"네. 여기를 탈출해서 자유를 찾는 거예요. 그러니까 아저씨들도 함께 간다면 제가 도와줄게요."

"우리도 자유를 갖고 싶다는 생각을 갖지 않은 건 아냐. 친구들이 하나 둘 사라질 때마다, 구름이 산 너머로 사라질 때마다, 그리고 바람이 우리에게 '함께 남쪽으로 가지 않을래요' 라고 노래 부를 때마다, 벌과 나비들이 자유롭게 날아다닐 때, 그런 생각을 많이 했었지. 하지만 우리는 먹을 것을 주는 여기를 떠나지 않을 거다."

대장이 말했어요.

"밖에도 먹을 것이 많아요."

"먹을 풀이야 많겠지. 하지만 우린 누군가에게 붙들려서 죽거나 며칠 못 가서 굶어 죽을 거야."

대장이 어림없다는 듯이 고개를 저으며 말했어요.

이번에는 멍이를 찾아갔어요.

"오갈 데 없는 나를 보살펴주고 먹을 것도 주는 아저씨의 은혜를 배반하고 싶지 않구나."

"그건 배반이 아니에요. 지금까지 주인아저씨가 아저씨의 자유를 주지 않았는데 그걸 되찾는 거예요."

"넌 그렇게 생각할지 모르겠지만 난 주인아저씨와 함께 사는 게 옳다고 생각한다. 자유니 뭐니 머리 복잡하게 따지고 싶지 않다."

멍이가 앞발로 저으며 말했어요.

고민이는 다른 방법을 찾아야겠다고 생각했어요.

'나 혼자라도 탈출해야겠어.'

아줌마는 아침을 준비하느라 바빴고, 아저씨는 이른 아침부터 돼지친구들에게 밥을 주러 갔어요.

현관문이 열려 있었어요.

컹컹컹!

멍이가 어디 가느냐고 소리쳤어요.

고민이는 바람 쐬러 밖에 나왔다고 말했어요.

"도망가려는 거지?"

또 한 번 멍이가 컹컹컹 짖었어요.

"도망가는 게 아니라니까!"

고민이가 두 앞발로 싹싹 빌며 말했어요.

주인아저씨가 달려왔어요.

고민이는 저녁부터 다음날 아침까지

아무것도 먹지 않았어요.

"순둥아!"

돼지 친구들에게 밥을 주고 온 아저씨가 말했어요.

"너희 엄마 아빠는 네가 다시 사람이 되어서 돌아오길 바랄 거야."

고민이가 밥을 굶자, 아저씨가 했던 말이에요.

"혹시 김밥 아줌마가 도깨비 김밥에 대해서 위험하다거나 그 어떤 경고를 하지 않았냐?"

"했어요."

고민이는 그제야 떠올랐어요.

"내 모습을 되찾으려면 내 몫을 해야 한다고 했어요."

"내 몫을 해야 한다.……혹시 네 모습을 되찾으려는 노력 아닐까?"

아저씨가 잘 모르는지 고개를 갸웃하며 말했어요.

"어떤 노력이요?"

"사람이 되어야겠다는 노력이겠지."

고민이는 돼지 친구들에게 갔어요.

"몸이 많이 말라 보이는구나!"

뚱보 대장이 걱정했어요.

"뚱보 아저씨, 내 모습을 내가 되찾으려면 내 몫을 해야 한다고 했는데, 내 몫이 뭐예요?"

"몫이라면, 네가 뭔가 노력하여 얻는 것 아닐까?"

뚱보가 말했어요.

"내 생각은 착한 일."

"남을 도와주거나 위하는 일."

"보람된 일."

"훌륭한 일."

"좋은 일."

"아냐, 순동이가 먹는 걸 참지 못해서 돼지가 됐다고 했잖아 적당히 먹는 걸 실천하는 것 일지도 몰라"

다른 돼지들도 한마디씩 의견을 냈어요.

'이중에 답이 분명 있을 거야.'

고민이는 깊은 생각에 잠겼어요.

점심을 먹은 돼지들은 잡담을 나누거나 낮잠을 자고 있었어요.

"각자 한 가지씩 재주를 익히는 거예요!"

"재주라고 했나. 우린 배불리 먹는 것 밖에 모른다."

"잘 생각해 봐요. 한 가지씩 좋아하거나 잘 할 수 있는 게 있을 거예요."

"생각해 주는 건 고맙다만 다른 데 가서 알아보는 게 좋을 것 같다."

대장 돼지가 조용히 타일렀어요.

"답답해요! 좋은 곳으로 간다는 날이 오늘일지, 내일일지 마음 졸이며 살 거예요? 난 그렇게 살지 않을 거예요. 돼지들도 잘 할 수 있는 게 있다는 걸 자랑스럽게 보여줄 거예요! 우리 선생님이 그랬어요. 누구든지 '답게' 살아야 한다고요!"

고민이는 다시 사람으로 되고 싶은 간절한 마음으로 돼지 친구들을 설득했어요.

사흘이 지났어요.

"별일이야. 오늘 아침은 밥을 주어도 돼지들이
쳐다를 안 보네!"
아저씨가 돼지우리에 갔다 오더니 아줌마에게 말했어
요.
고민이는 아저씨의 말을 듣는 순간 '그럼 그렇지'
라고 회심의 미소를 지었어요.
"무슨 병이라도……."
"병은 무슨, 오늘 수의사를 불러야겠어!"
"그러지 말고 우리 순둥이한테 부탁해 봐요. 돼지들
끼리는 말이 잘 통할 거예요."
아줌마가 나를 가리켰어요.
"저한테 맡겨요."
고민이는 자신 있게 말했어요,

고민이는 돼지우리로 달려갔어요.

"사흘 동안 우리 친구들은 많은 이야기를 나누었단다. 네 이야기가 옳다고 결론을 내렸단다."

"정말요?"

"그렇단다. 언젠가 꿀벌 한 마리가 우리에 들어와 죽어가면서 이렇게 말했단다. '전 죽는 게 두렵지 않아요. 많은 친구들에게 희망의 씨앗을 안겨 준 걸요. 그 씨앗이 내일도, 모레도 세상에 널리 퍼져서 아름다운 꽃을 피우며 멋진 세상을 만드는 거예요. 아주 훌륭하고 멋지잖아요? 그래서 전 행복한 걸요!' 그때 우리는 꿀벌의 말을 조금도 이해하지 못했단다."

대장의 목소리가 잠겼어요.

"나도 네 말을 듣고, 하루하루를 불안에 떨며 사느니 단 하루라도 꿈이 있다는 걸 보여주며 살기로 정했어. 잘 생각한 건지 모르겠어."

곁에 있던 먹보가 말했어요.

"잘 생각했어요."

고민이는 돼지 친구들과 함께 지내면서
각자 배우고 싶은 재주에 대해 많은
이야기를 나누었어요.

"순둥아."

돼지 친구들에게 사흘째 재주를 가르치는 날이었어요.

지킴이 멍이가 고민이를 불러 세웠어요. 툭하면 고민이의 엉덩이나 다리를 물고 달아날까 봐 감시까지 했어요.

고민이가 소시지나 햄 같은 걸 많이 주었는데도요.

"왜요?"

"그동안 너를 괴롭혀서 미안했다."

"아셨으면 됐어요! 저 바빠요."

고민이는 쌀쌀맞게 말하고 돌아섰어요.

"잠깐만, 순둥아! 요즘 네가 돼지 친구들에게 재주 하나씩을 가르치고 있다는데······. 나도 한 가지 재주를 배우면 안 되겠나?"

"무얼 잘하는데요?"

"네가 보기에는 내가 무엇을 잘 할 것 같으냐?"

"글쎄요. 남을 무는 거라면 몰라도······."

고민이는 그동안의 일을 생각하니, 자신도 모르게 입에서 얄미운 말이 튀어나왔어요.

연습은 어렵고 힘들었어요.

하지만 친구들은 불평 한 마디 없이 고민이가 가르쳐 준 데로 열심히 배웠고, 재주도 하루가 다르게 나아졌어요.

무엇보다 아저씨의 도움이 컸어요. 돼지 친구들에게 할 수 있다는 의욕을 불태울 수 있도록 돼지 친구들에게도 고민이와 동등하게 식사와 잠자리까지 마련해주었어요. 그뿐만이 아니었어요. 이름은 물론 필요한 물건과 예쁜 옷까지 만들어 주었는걸요.

한 달이 휙, 두 달도 휙, 석 달도 지났어요.

시내 숲속극장에서 공연이 있는

날이었어요.

고민이는 무대 뒤에서 구름처럼 몰려든 사람들을
살펴보았어요.

많은 사람들이 왔지만 아빠와 엄마 그리고 친구들이
보이지 않아서 다행이지 뭐예요.

"지금부터 '꿀이와 멍이' 공연입니다!"

무대에서 주인아저씨가 마이크를 잡고 고민이가 지은
'꿀이와 멍이'라고 크게 외쳤어요.

박수소리가 무대 뒤로 크게 들렸어요.

"드디어 우리가……!"

친구들이 들뜬 흥분을 감추지 못하고 기쁜 눈물을
흘렸어요.

그리고 친구들의 반짝이는 눈빛 하나하나가 할 수
있다는 강한 자신감을 보였어요.

3개월 동안 밤늦게까지 연습을 하느라 몸과 마음이
지친 데다 몸은 성한 데가 없어요.

고민이는 두 눈을 감고 간절히 기도했어
요. 이번 공연을 잘 마쳐서 자신의 꿈이 이
뤄지기를,

"먼저 글씨를 쓸 줄 아는 천재 돼지 순둥이를 소개하겠습니다!"

아저씨가 크게 외치자, 고민이는 무대로 뛰어나갔어요.

그리고 두 발로 서서 꾸벅 인사를 하였어요.

구부러지지 않은 허리를 굽히느라 아파서 일주일 동안 끙끙 앓기도 했어요.

'오늘 여기 오신 여러분! 세상에서 하나뿐인 '꿀이와 멍이'의 묘기를 볼 겁니다!'

무대 벽에는 고민이가 색연필로 쓴 무지개 빛깔 글씨가 나타났어요.

박수가 쏟아졌어요.

'이제부터 제 친구들이 묘기를 보일 때마다 큰 박수를 쳐 주세요!'

꿀이와 멍이

'첫 번째 나오는 친구는 뚱뚱이에요!'

대장 뚱뚱이가 두 발로 서서 무대로 나왔어요.

박수가 터졌어요.

뚱뚱이는 앞으로 넘기 하다 엉덩이에 시퍼렇게 멍이 들고, 코와 허리까지 다쳤었어요. 하지만 동생들에게 자신의 나약한 모습을 보여주기 싫다며, 그리고 모범을 보여야 한다며, 연습도 맨 마지막까지 남아서 했어요.

어쩌면 '꿀이와 멍이'의 탄생도 대장 뚱뚱이의 노력과 동생들을 잘 다독이고 이끈 결과라고 생각해요.

뚱뚱이는 거꾸로 서기, 앞발 하나로 서기, 몸을 거꾸로 하고 두 앞다리로 걸어가기를 멋지게 해냈어요.

우레와 같은 박수가 터졌어요.

'이번에는 꾀순이에요!'

무대 뒤에서 줄넘기를 하면서 꾀순이가 걸어 나왔어
요.

처음에는 뒷다리로 서는 것조차 힘들어서 몇 번이나
포기했어요. 대장 뚱뚱이와 재주돌이 막내가 옆에서 할
수 있다는 격려로 버틸 수 있었던 거죠. 왜냐면

뒷다리로 서서 뛰다가 뒷다리가 퉁퉁 부어서 일어설 수
조차 없었거든요. 지금도 걸을 때 오른쪽 뒷다리를 내딛
을 때마다 아파서 눈을 찡그리는데요.

"하나, 둘, 셋,……."

꾀순이가 양발 뛰기를 보여주자, 사람들이 셌어요.

꾀순이는 줄로 가위치기, 왼발 오른발 번갈아 가면서
넘기,…….

줄넘기를 하는 동안 생글생글 미소도 잊지 않았어요.

다음은 막내 재주돌이가 자전거를

타고 앞발 하나를 흔들며 나타났어요.

아직도 오른쪽 무릎이 아파서 파스를 붙이고 붕대도
감은 걸요.

처음에는 자전거에 오르고 앉아서 뒷다리로 자전거
발판을 움직이는 데만 한 달이 걸렸어요. 그리고 자전거
를 타다 옆으로 넘어지거나 다리가 삐끗하여 다쳤어도
온몸이 멍이 들었어도 생글생글 웃음을 잃지 않았어요.
오히려 형들이 힘들어할 때, 엉덩이로 실룩실룩 춤을
추거나 코맹맹이 목소리로 힘을 내라고 했어요.

재주돌이가 자전거로 무대를 빙글빙글 돌다가 그만
삐끗하여 넘어지고 말았어요. 자전거가 저만치 날아갔
어요. 구경하는 사람들이 비명을 지르며 안타까워했어
요. 하지만 재주돌이는 한 번 씩 웃고는 아픈 다리를
절뚝거리며 자전거를 세우고 다시 올라탔어요.

여기저기서 박수소리가 났어요. 두 앞발 놓고 타기,
앞다리로 페달을 밟으며 거꾸로 타기, 누워서 타기 등을
선보였어요.

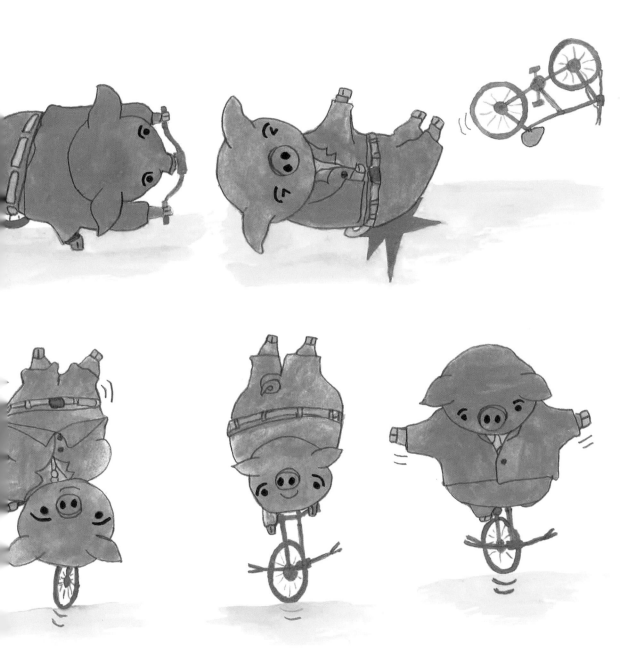

'이번에는 먹보 친구입니다.
박수로 환영해주세요!'

　먹보는 먹보답게 입에 햄 없는 김밥을 우적우적 먹으며 나타났어요. 그 모습이 하도 우스꽝스러워서 사람들이 큰 박수를 보냈어요. 먹보는 아직도 성대가 부어서 아파요. 수의사 선생님이 쉬지 않으면 목을 영영 쓸 수 없다고 했는데도 말이에요.

　먹보는 앞발까지 움직이며 멋진 노래를 3곡이나 불렀어요. 구경하는 사람들이 "앵콜!", "앵콜!" 하고 외쳤어요.

　먹보는 두 앞다리를 앞에 모으고 공손하게 인사를 했어요. 예절이 바른 친구라서 고민이가 갈 때마다 인사를 빼놓지 않았어요. 방금 나가면서도 고민이에게 고맙다고 윙크까지 했어요.

'다음은 꿀이순이를 소개하겠습니다!'

꿀이순이는 훌라후프를 양 팔에 각각 하나씩 돌리면서 나왔어요.

박수가 터져 나왔어요.

이번에는 코에다 훌라후프 하나를 추가했어요. 마지막에는 허리에 세 개의 훌라후프를 돌리는 재주까지 선보였어요, 처음에는 디스코를 추겠다고 고집을 부렸다가 일주일이 지나도 나아지지 않자 포기했었어요.

훌라후프는 조금만 연습해도 충분히 할 수 있는 거라서 일주일 만에 배운걸요.

'이번에는 누구일까요?'

무대 위에 무지개색깔 글씨가 나타나자, 사람들이 일제히 "순둥이!" 라고 외쳤어요.

고민이는 뒷발로 서서 코와 머리에다 물이 가득 담긴 유리컵을 올리고 걸었어요. 이번에는 입으로 접시돌리기를 하였어요. 제일 자신 있는 묘기에요.

물이 가득 든 컵을 코 위에 올리고 자전거를 타는 묘기도 보였어요. 이때 컵을 떨어뜨려서 주인아저씨의 집에 있는 컵을 모두 깨뜨렸어요. 지금 연습하는 유리컵은 아저씨가 시장에서 20개짜리 다섯 상자를 사오셨어요.

그래서 친구들이 "순둥이 재주 부리다 유리컵 사장 배만 나오는 거 아냐!" 라고 웃으며 놀렸어요.

'이번에는 멋진 신사 멍이입니다.
나오십시오!'

멍이인 개가 디스코를 추며 나타났어요.

벌건 불을 붙인 둥근 테를 통과하기, 사다리 오르내리기, 긴 장대를 짚고 걷기 등 여러 가지 재주를 부렸어요.

배울 때는 엄청 엄살을 부렸어요.

벌건 불에 통과할 때마다 몸에 불이 붙을까 벌벌 떨다가 오줌을 지린 적도 있었고 꼬리에 불이 붙은 적도 있었어요. 그리고 장대를 짚고 걷다가 넘어지면 "아이고 나 죽는다!" 입에 달고 살았거든요. 친구들은 엄살장이라고 놀렸어요.

멍이의 묘기가 끝나자, 모자를 벗고 허리를 숙여 정중히 인사를 하였어요.

나갈 때는 모자를 오른쪽 앞발로 돌리는 재주까지 부리며 사라졌어요.

모두 나와 둥글게 원을 돌며

노래와 춤을 추었어요.

공연은 무사히 끝났어요. 하지만 친구들은 아직도 공연에 흠뻑 취한 표정이었어요.

"나 때문에 꿀이와 멍이 공연이 망쳤어!"

막내 재주돌이가 눈물을 뚝뚝 떨어뜨리며 고개를 들지 못했어요.

"아냐. 네가 그 어려운 자전거 묘기는 정말 대단했어. 사람들이 네가 부린 멋진 재주를 오래도록 기억할 걸."

고민이는 재주돌이의 어깨를 부비며 위로했어요. 다른 친구들도 재주돌이가 끝까지 해낸 용기와 정신을 칭찬했어요.

재주돌이는 더 이상 자신이 실수 한 걸 말하지 않았어요.

"언제 공연 하는 거야?"

사람들이 모두 빠져나간 텅 빈 숲속극장을 바라보며 먹보가 말했어요.

"사람들이 불러준다면 해야지."
대장이 먹보의 등을 툭 치며 말했어요.

"무를 먹으면 사람이 된댔지!"

멍이가 무를 건넸어요.

"고, 고맙습니다!"

고민이는 눈물이 나왔어요.

"주인아저씨가 뭘 먹고 싶으냐고 물었을 때, 네가 무를 먹고 싶다고 해서 알았다. 그래서 공연이 끝나면 주려고 했다. 어서 먹어 봐라. 네가 사람이 되는 모습을 보고 싶다."

멍이가 말했어요.

고민이는 무에 묻은 흙을 몸에다 두 번 문지른 다음 한입 베어 물었어요. 맵고 아렸어요.

세 입, 네 입,…… 무 하나를 남김없이 먹었어요. 하지만 고민이의 몸은 조금도 변하지 않았어요. 그래서 나머지 두 개도 먹었는데…….

"실망하지마라. 자고 나면 사람으로 변했을지 누가 아나."

멍이가 위로했어요.

다음날 아침에 일어났는데도 고민이의 몸은 여전히

돼지였어요.

고민이는 자신의 모습을 되찾는 몫인 보람된 일을 열심히
했고, 무를 먹었는데도 모습은 달라지지 않았어요.

'엄마, 아빠 보고 싶어요!'

이틀이 지난 깜깜한 밤이었어요.

고민이는 멍이를 설득해서 집을 나왔어요.

낮에는 산속에서 잠을 자고 밤에만 산길을 따라 남쪽으로 걸었어요.

냇가도 건너고 작은 강을 만나면 헤엄도 쳤어요.

3일 동안 개울물만 먹고 걸었더니 배가 고프고 추위로 견딜 수가 없었어요.

"이봐! 순둥이."

멍이가 고민이를 불러 세웠어요. 어젯밤 고백했어요.

자신도 어렸을 때 이곳에 와서 엄마 아빠와 형제, 누나의 얼굴도 기억이 없대요.

"난 말이야. 네가 사람이 돼지가 됐다는 말을 듣고 네가 허풍쟁이인 줄 알았다. 돼지 중에는 허풍쟁이가 좀 있거든. 과거에 왕이었다고 우기는 돼지를 봤다니까."

멍이가 말했을 때, 고민이는 뚱뚱이를 떠올렸어요. 우리에 갇혔을 때 고민이가 사람이었다고 말하자, 뚱뚱이가 자신은 과거에 왕이었다고 비웃었어요.

고민이는 거실에 간혔어요.

약초를 캐던 할아버지가 고민이와 멍이를 발견하고 신고했대요.

고민이는 집에 보내 달라고 소리도 지르고, 거실 벽을 들이받기도 하고 긁기도 했어요. 영영 돼지로 살아야한다는 생각이 들었거든요.

멍이도 순둥이가 죄가 없다고, 자신이 꼬드겨서 집을 나간 거라고 밤낮으로 짖어댔어요.

그리고 "순둥이를 집으로 보내라!" 라고 돼지 친구들도 외쳤어요.

일주일이 지났어요.

돼지우리에 다녀온 주인아저씨가 고민이를 보고 한숨을 쉬었어요. 이번에도 돼지들이 밥을 먹지 않나 봐요.

고민이는 시치미를 뚝 떼고 누워있었어요.

달아나다 붙들린 지 열흘이 지난

이른 아침이었어요.

평소보다 일찍 일어난 주인아저씨는 돼지우리에 다녀
왔어요. 보통 때라면 돼지 친구들에게 아침밥을 주고
아홉 시가 넘어서야 올 텐데 말이에요.

"순둥아!"

아저씨가 슬픈 목소리로 고민이를 불렀어요.

고민이는 벽을 향해 누운 채 꼼짝하지 않았어요.

"미안하다! 순둥아, 네가 친구들한테 가봐야겠다.
돼지들이 삼 일째 밥을 먹지 않았다."

"……."

"가서 네 친구들에게 밥을 먹게 해주면 집에 보내 줄
게.……아저씨가 약속 꼭 지킬게."

주인아저씨의 간절한 목소리였어요.

고민이는 돼지 친구들이 있는

우리에 갔어요.

모두들 누워있었어요.

고민이는 수북이 쌓여 있는 밥을 보자, 뜨거운 눈물이 왈칵 쏟아졌어요.

하지만 돼지 친구들의 표정만은 아주 밝았어요.

"우리 친구들은 주인아저씨가 너를 집에 보내줄 때까지 먹지 않기로 했다."

대장과 친구들의 목소리는 힘이 넘쳤어요.

"고맙습니다!"

"고마울 것 까지는 없지. 네가 있어서 우리는 무얼 할 수 있는지 그리고 노력하면 무얼 배울 수 있다는 걸 알았다. 우린 지난날에는 먹는 것 밖에 몰랐었거든!"

"알았어요. 아저씨들도 '꿀이와 멍이' 공연을 계속해야 돼요."

모두들 눈물을 글썽이며 헤어져야 한다는 걸 알고 눈물을 흘렸어요. 특히 꿀이 또순이가 고민이에게 가지말라고 소리 내어 울었어요.

주인아저씨는 고민이를 _{김밥가게}
앞에 내려두고 갔어요.

고민이는 김밥가게 안으로 들어갔어요.

"고민이 왔구나!"

"도, 도깨비 아저씨에요?"

도깨비가 반기자, 고민이는 깜짝 놀랐어요.

도깨비의 손에는 크고 작은 김밥이 있었어요.

"자, 어느 김밥을 먹을 거냐?"

고민이는 꼬마 김밥을 입에 넣었어요.

내 몫이란 욕심을 버리는 일이라고 생각했어요.

음하하하하하!

도깨비가 크게 웃었어요.

"어! 내 몸이……?"

홀쭉해진 자신의 모습을 보았어요.